Lou Parent Sauvage

Une vue imprenable pour
MME BEAUTÉ

Publié pour la première fois par Egmont sous le titre *Little Miss Splendid and the House with a View.*
 Traduction : Anne Marchand-Kalicky.
Maquette : Anna Guillet.

Une vue imprenable pour
MME BEAUTÉ

Roger Hargreaves

hachette
JEUNESSE

Chaque matin, madame Beauté regardait
son beau jardin par sa jolie fenêtre…
Elle souriait…

... puis, elle fronçait les sourcils.

Et c'était comme cela tous les matins. Madame Beauté regardait par la fenêtre, souriait puis fronçait les sourcils.

Tu te demandes pourquoi ?
Je vais te le dire.

Au bout du jardin de madame Beauté vivait
monsieur Avare.

Alors que la maison de madame Beauté était grande
et belle, celle de monsieur Avare était petite
et complètement délabrée.
C'était la plus affreuse des maisons
que tu puisses imaginer.

Monsieur Avare détestait dépenser de l'argent, surtout pour sa maison. Tout l'inverse de madame Beauté ! Et elle n'appréciait pas du tout cet immonde voisin. Sa maison lui gâchait la vue.

Alors un matin, madame Beauté eut une idée. Elle appela son maçon, monsieur Truelle.
– Bonjour, dit-elle. C'est madame Beauté à l'appareil. Je voudrais que vous construisiez un mur devant chez moi.

Monsieur Truelle arriva au bout d'une heure et monta un mur au fond du jardin de madame Beauté.

Un mur très haut.

Un mur qui cachait complètement la maison de monsieur Avare.

De son côté… monsieur Avare aimait lui aussi regarder par la fenêtre chaque matin.
Il avait une vue superbe sur la splendide maison de madame Beauté.
Mais ce qui rendait cette vue encore plus superbe, c'est qu'elle n'avait rien coûté à monsieur Avare !

Il fut donc très mécontent quand il regarda par sa fenêtre et découvrit un mur en brique.

Mais monsieur Avare eut aussitôt une idée.

Le lendemain, quand madame Beauté regarda par la fenêtre, elle n'en crut pas ses yeux.
Il y avait un énorme trou dans son magnifique mur et pire encore : ce trou laissait juste entrevoir la maison délabrée de monsieur Avare.

Madame Beauté était furieuse.
Elle rappela monsieur Truelle sur-le-champ et avant l'heure du déjeuner, le maçon reconstruisit le mur.

Mais le jour suivant, le trou avait réapparu,
et ça continua ainsi toute la semaine.

La nuit, monsieur Avare détruisait le mur et la journée,
monsieur Truelle venait le remonter.

Un matin, le trou dans le mur disparut enfin…
et le mur entier avec !
Et plus étrange encore, il n'y avait plus la moindre trace
de la maison de monsieur Avare !

« C'est bizarre », pensa madame Beauté.
Elle mit son plus beau chapeau et sortit pour mener son enquête.
Quand elle arriva à l'endroit où se tenait la maison de monsieur Avare, elle entendit du bruit qui venait de l'autre côté de la colline. Elle décida d'y monter.

Et pour la seconde fois de la journée, elle n'en crut pas ses yeux.
Monsieur Rapide mettait la touche finale à une maison qui ressemblait comme deux gouttes d'eau à la sienne… mais qui était encore plus belle !

– Pas mal, n'est-ce pas ? demanda une voix derrière elle. C'était monsieur Avare.

– Quoi… quoi… mais comment… ? bégaya madame Beauté.

– Et bien, oui, toutes ces briques m'ont donné une idée, expliqua monsieur Avare avant d'ajouter en souriant : toutes ces briques… gratuites !

Madame Beauté en resta le souffle coupé et ne sut pas quoi répondre.
Alors, elle ne répondit rien et retourna chez elle, dans sa belle maison.

Sa belle maison qui n'était désormais plus…
la plus belle !

RÉUNIS VITE LA COLLECTION ENTIÈRE

1 2 3 4 5 6 7 8

MME AUTORITAIRE · MME TÊTE-EN-L'AIR · MME RANGE-TOUT · MME CATASTROPHE · MME ACROBATE · MME MAGIE · MME PROPRETTE · MME INDÉCISE

9 10 11 12 13 14 15 16

MME PETITE · MME TOUT-VA-BIEN · MME TINTAMARRE · MME TIMIDE · MME BOUTE-EN-TRAIN · MME CANAILLE · MME BEAUTÉ · MME SAGE

17 18 19 20 21 22 23 24

MME DOUBLE · MME JE-SAIS-TOUT · MME CHANCE · MME PRUDENTE · MME BOULOT · MME GÉNIALE · MME OUI · MME POURQUOI

25 26 27 28 29 30 31 32

MME COQUETTE · MME CONTRAIRE · MME TÊTUE · MME EN RETARD · MME BAVARDE · MME FOLLETTE · MME BONHEUR · MME VEDETTE

33 34 35 36 37 38 39 40 41

MME VITE-FAIT · MME CASSE-PIEDS · MME DODUE · MME RISETTE · MME CHIPIE · MME FARCEUSE · MME MALCHANCE · MME TERREUR · MME PRINCESSE

DES **MONSIEUR MADAME**

Édité par Hachette Livre – 43, quai de grenelle, 75905 Paris Cedex 15
ISBN : 978-2-01-2200-869
Dépôt légal : avril 2013
Loi n°49-956 du 16 juillet 1949 sur les publications destinées la jeunesse.
Imprimé par IME (Baume-les-Dames), en France.